수성못

수성못

지은이 | 이해리

발행 | 2020년 10월 26일

펴낸이 | 신중현
펴낸곳 | 도서출판 학이사
출판등록 | 제25100-2005-28호

　대구광역시 달서구 문화회관11안길 22-1(장동)
　전화_(053) 554-3431, 3432　팩시밀리_(053) 554-3433
　홈페이지_http://www.학이사.kr
　이메일_hes3431@naver.com

ISBN_979-11-5854-261-0　03810

'본 서적은 2020 대구문화재단 개인예술가창작지원으로 출간되었습니다.'

수성못

이해리 시집

學而思 | 학이사

자서

2005년 첫 시집 『철새는 그리움의 힘으로 날아간다』를 낸 후 네 번째 시집을 묶는다. 이번 시집 제목을 처음엔 『탑』으로 하려 했다. 폐사지를 돌며 낡고 오래된 탑을 일별하는 동안 우리 삶이 탑과 비슷한 요소가 많음을 깨쳤기 때문이다. 탑에 천착하여 연작시를 구상하고 있던 중 예지치 못한 코로나19에 의한 감염병 창궐로 세계는 팬데믹에 들어갔다.

우리는 묵시적으로 명시적으로 사회적 거리두기에 의한 격리 생활을 강요받았다. 격리의 시간이 길어지면서 나는 집 근처에 있는 수성못을 홀로 둘러보는 시간을 많이 가지게 되었다. 평소에도 좋아하는 호수였지만 코로나19 바이러스에게 집중 폭격을 맞은 초기, 죄도 없이 폄훼당한 대구의 상처가 그 수면 위에 어리는 듯하여 더욱 애틋하였다. 그래서 더 자주 둘러보게 된 것 같다. 나는 대구에서 평생을 살아온 사람이다. 대구가 왠지 불안하고 측은하였다. 그 불안하고 서러운 마음이 수성못에 대한 시를 많이 쓰게 하고 제목을 『수성못』으로 바꾸게 하였다.

돌이켜 보면 나는 친수성 DNA와 인연 지어져 있는 사람인 것 같다. 출생은 낙동강 변이였지만 성장기 동안, 또는 살아오는 동안 앞산 안지랑골, 성당못, 신천, 사문진, 금호강 등 물과 인접한 곳으로 이사 다니며 살아온 것 같다. 그러다가 이제 수성못 주변에 정착하여 꽤 오래 살고 있다.

월든을 쓴 헨리 데이비드 소로우Henry David Thoreau처럼 자연과 함께하는 삶을 꿈꾼다. 자연 중에서도 물과 꽃이 있는 곳이 가장 좋다. 안식처고 피안이다. 물과 꽃으로 아름다운 수성못, 그러고 보면 내가 수성못에 대한 시를 쓰는 게 아니라 수성못이 나를 데려다 놓고 뭔가를 쓰고 있는지 모른다. 이 시집은 순전히 수성못에 대한 내 사랑의 고백이다.

2020년 가을
이해리

차례

1부 확진

2부 답답

4부 금빛 은행나무

1부
확진

나비

폴폴폴 날아다니던 나비가
풀잎 위에 가 살포시 앉을 때
그 조용한 착지가 내 가슴에
작은 오솔길을 낸다
오솔길 끝에 앉아
풀잎에 앉은 나비를
찬찬히 들여다본다
가늘고 쪼끄만 몸통에 견주어
날개는 돛대만 하다
나비에게 날개는 자유이자 족쇄이다
그 가볍고 무거운 두 날 애상을 저어
꽃에 닿으러 가는 나비,
나도 내 마음의 가장
아름답고 오래된 슬픔을 저어
시의 꽃밭에 닿고자
바람의 수풀 속을 날아다닌다

탑

이끼도 끼고 군데군데 금 갔다
꼭대기 층 한 귀퉁이는 떨어져 나갔다
떨어져 나간 곳을 푸른 하늘이 채우고 있다
도굴과 훼손과 유기의 질곡을
온몸으로 받들고도 꼿꼿이 서 있는 것은
견디는 것이 삶이기 때문이다
견딤으로 공을 들인 몸은 좀
깨지기도 해야 아름다웠다
고난의 상흔도 보여야 미더웠다
언제부턴가 온전한 것이 외려
미완이란 생각이 든다
깨진 곳을 문질러 가슴에 갖다 대면
온몸에서 수런거리는 상처들
이루어지는 것 드물어도
무너뜨릴 수 없는 것이 가슴 층층에 쌓여
바람 부는 폐사지에 낡아가고 있다면
당신도 나도 다 탑이다

낮달
- 수성못 5

희미하다 해서
엷어질 수 없는 사람아
곧 사라질 걸 안다 해서
지워질 수 없는 사람아
빛을 잃었기에 더 아련하게
그리운 사람아
어쩌다 먼 길 돌아와
흰 이슬 가을바람 서성이는
내 방문 앞 추녀 끝에
창백한 얼굴로 떴다가
나도 안 보고 가려 하는가

낙화

너를 보내는 게
나를 지우는 일이다

지운 나를 네 가는 길에
고이 깔아 주는 일이다

모르고 가는 네 걸음에
한 잎 두 잎 꽃잎 묻어나거든

가는 너조차
꽃다이 사랑하는
내 마음인 줄 알아라

달

상처 받은 짐승이 되어 돌아오는 밤의 국도
둥글고 환한 얼굴이 따라온다
조용히 지켜봐 주는 것이 치유라는 듯
저만치서 말없이 따라온다

아, 너 거기 있었구나
늘 봐 주고 있었지만
내가 어두워 못 본 사랑

오래전부터 나는 알고 있었다
갈채받을 때 곁에 오는 사람보다
쓰러졌을 때 다가오는 사람이
진짜라는 걸

진짜를 찾아 헤매다
상처 받고 돌아오는 밤의 국도
둥글고 환한 진짜 사랑이 진짜로 따라온다
한눈파는 일 없이 나를 따라온다

바람개비처럼
- 수성못 6

저무는 수변공원
유치원생 아들을 데리고 나온 부부가
아이와 함께 바람개비를 날린다
바람개비의 막대를
두 손으로 싹싹 비벼서 멀리로 던지면
고추잠자리처럼 날아가
잔디 속에 살포시 앉는다
그걸 주우러 가며 까르르 웃는 아이
덩달아 얼굴 가득 미소 피우는 젊은 부부
내가 내 아들 키울 때 모습이다
그때는 몰랐던 아름다운 행복감이
돌이킬 수 없는 애수처럼 다가온다
아이의 귀엽고 재롱스러운 시간은
바람개비처럼 날아가 버리고
어느새 어둠 내리는 하늘엔 비행운을 그리며
흰개미만 한 여객기가 비행장 쪽으로 날아간다
사방에서 산들바람이 불어온다
지나고 보면 그보다 아름다운 시간은
없었던 것 같다

섬

바닷물 갈라져
길이 나는 시간을
물때라 한다

물도 때가 돼야
들어오고 나가니
무엇이든 때를 만나야
길이 나는 법이니

생이란 어차피
때를 기다리는 것
기다리다가 마음이
닳아 가는 것

분명히 오고 말 것을
아니 올까 걱정하다가
기어이 가고 말 것을
머물러 줄까 조바심하다가

왔는가 하면 떠나버리고
갔는가 하면 다시 와서
출렁이는 파도에 목을 매고
시달리다 가는 것

그대에게 가는 길도 늘
그렇게 열렸다 닫히므로
나는 아직 섬으로
남아있다

목련꽃방
- 수성못 7

목련꽃 흰 봉오리 얼마나 예쁜지
꽃잎 열고
속으로 들어갔다

거기 방이 있었다

촉촉한 등불 켜놓고
봄바람 향기로 도배해 놓은
크림빛 꽃방

황홀하여 둘러보는데 누가
초인종을 누른다

먼 들녘 참외 상자가 배달되었다
첫 수확 맛보라며 보내온 조생 참외는

병아리처럼 고운 노랑에
싱그럽도록 단단한 껍질을 하고 왔다

크림빛 꽃방에 앉아
병아리색 참외알을 깎으니 사각사각
연필로 글씨 쓰는 소리가 났다

햐! 이 사소한 산물들이 내뿜는
연한 색감!
나의 몸이 그만
봄의 정물靜物로 변하고 말았다

흙을 믿고 살다 간 사람

흙은 땅에 속해 있지만
땅과는 사뭇 다른 가치관을 가지고 살다 간다
땅은 흙보다 다소 딱딱한 생각으로
삶을 간단하게 살려 하지만
흙은 땅보다는 부드러운 생각으로
정직하게 살다 가기를 원한다
땅은 주로 부동산에 관심을 가지지만
흙은 농사가 낫다고 생각하며 살다 간다
땅은 지주와 임차인을 문서에 명기하고
확실히 차별하지만
흙은 지주나 임차인이 뿌린 씨앗을
차별 없이 키워준다
일찍이 흙의 철학을 알고 있던 그는
대부분이 흙을 털며 떠날 때
흙에다 자신을 심었다 그리고
흙이 시키는 대로 살았다 그랬더니
흙도 그를 믿고 그의 슬하에
팔 남매의 어여쁜 자식을 주고 모진 풍파에도
흔들리지 않게 뿌리를 꽉 잡아 주었다

그는 그 삶을 늘 감사해했다

배꽃이 훨훨 날리는 마당에 앉아

고추 모종을 만지다가

이 얼마나 좋으냐 좋으냐

날리는 배꽃 손바닥에 받으며 탄복하던

노년을 마지막으로 이승을 떠났다

이상했다 그 거친 농투성이 몸을 수습하던 염사는

이렇게 깨끗한 주검은 처음 본다 하였다

나는 염사의 그 말이 고승의 진신 사리만큼

굉장한 찬사로 들렸다

꿈

살아 번잡한 서문시장
여전히 잡다한 생필품도 팔고
영가靈駕 태우는 옷, 수의도 팔고
하체 없이 바닥을 기는 사내의 고무줄 나프탈렌도 팔지만
누군가의 고단하고 딱한 하소연도 팔았다

순대 파는 노점에게
언니라 부르는 여자가 다가와
닥치는 대로 일하다 보니 손가락이 나갔다며
쳐든 손을 내보이는데
언젠가 내소사 암 걸린 전나무 등걸처럼 마디마디 옹이 박인
관절통의 손 하나가 보였다

손가락 일 피한다고
폐백실에 취업시켜 준다는 사람에게
그렇게 번 돈 삼백을 주었더니
자취 감추고 소식 없다 한다

살아 번잡한 서문시장

아무리 소리쳐도 듣는 이 없는,
아무도 사가지 않는 그녀의 하소연만
인파 사이로 흘러 다니고 있었다

초연이
- 수성못 8

어제부터 그녀가 보이지 않는다
대구은행 ○○지점 앞 노점에서
옷 팔던 그녀
어려운 가운데도 아이 셋 낳아
열심히 바라지하던 그녀
언젠가 옆에서 이불 팔던

노점 여자와 쌈 났을 때
카악 뱉는 침을 얼굴로 받아내던 여자
잘생긴 중학생 아들
학교에서 패싸움했는데

자신의 아들만 퇴학 맞았다고
울상이던 그 여자
생활이 괴롭혀도 꼿꼿이
전을 펼 땐 이상하게 내 마음이 밝았는데
어제부터 보이지 않네
어제부터 보이지 않네

아! 대구
- 수성못 13

지역별 확진자 현황판에
가장 높은 막대그래프로
불쌍하게 서 있는 대구

누구는 중화관광객이
서문시장을 떼전으로
다녀간 원인이라 하고
누구는 신천지교인 때문이라 하고
어떤 이는 야당 도시라 꼬시다 하고
어떤 이는 대구 정도야 손절시켜도
이상이 없다 하고…

아! 대구여 어쩌다가 무엇 하다가
이리 폄훼를 당하는가

나는 대구사람으로 병들지 않은 상처가 너무 깊어
아름다운 문구로는 시를 짓지 못한다

2020년 3월 13일 시
- 수성못 12

코로나19가 맹렬하다 하여
달포 가까이 집 안에 갇혔다가
호숫가로 나가니
매화는 벌써 끝물이다

홍매화 한 가지를 당겨 흠향하고
살며시 놓는데
꽃잎이 사태져 떨어진다
내 손길 한 번에 화르르 지는 꽃잎,
마음이 서럽다

만지기만 해도 분해되는 봄이여
만나지도 못하지만
만나서도 떨어져 나가 앉는 사람이여
손에 닿으면 옮는다 하여
날마다 손 씻었는데

씻은 손 소용없이 꽃이 지는 건
벌써 매화의 시간이 다했음이다

누가 나와 우리의 봄을
앗아갔음이다

확진
- 수성못 14

확실히 진단받았다면
그 사람은 폐쇄된다
군중 속의 고독이 아니라
대중 속의 통조림이다
무기징역이나 사형을
언도받은 죄수와 비슷한
생활에 연행되어야 한다

지금까지 누렸던
안주安住나 자유는
비닐봉지에 싸서
선반 위에나 올려놓고
어디론가 끌려가야 한다

확실히 진단받았다면
낫겠구나 희망보다
죄도 없는 죄인이 되어야 한다
만난 사람을 불고
불안에 연좌되어야 한다

세상 모든 사람에게
폐쇄당해야 한다

저무는 수성못
- 수성못 15

저물녘에 너 없는
수성못 사진을 찍으면
슬픔이 인화되어 나온다

어스름을 끌어당겨 검어진 풀과 잎
지평선 저 너머로 돌아가는 일몰과
일몰에 취해 불그레한 하늘,
이제는 쉬어야겠다고
문을 닫는 물빛과
꽃잎 사이에 누울 자리 펴는 바람

저물녘엔
모두들 어디론가 돌아가려 한다

나도 귀소를 해야 할 것 같은데
어디로 가야 하나 너 없이는

하늘도 아픈 듯 불그레하고
땅도 서러운 듯 거무레한 이런 저물녘엔

집보다 외로운 곳으로 가야 할 것 같다
사랑보다 쓸쓸한 곳으로 가야 할 것 같다

슬픈 간판

- 수성못 16

빈둥빈둥 만화방
파란만장 포장마차
고래고래 노래방
외상어림없지 술집
탄다디비라불 갈비
개판 오분 전 애견
그냥 갈수없잖아 모텔

코로나19 팬데믹 시대
어쩐지 쓸쓸한 간판들
기발한 상호로
살려고 노력했지만
뜻대로 안 된 이름들
문 닫은 상점들 머리맡에
슬픈 표정으로
걸려 있는 간판들

눈물의 낭떠러지
- 수성못 17

만날 수도 없는 곳에 너를 보내놓고
구절초 꽃잎 끝에 달린 한 방울 이슬을 본다
너 없음으로 이슬은
떨어질 듯 떨어질 듯 못 떨어지고 있다
꽃잎 미련 늘리고 늘리다가
길죽한 물자루가 되도록 못 떨어지고 있다

너를 향한 미련의 끝에는 늘 눈물이 있었고
눈물의 끝에는 눈물의 낭떠러지가 있었다
그 낭떠러지에 서면
찬란한 파멸이 사정없는 가까움으로 다가오고
이 세상에서 가장 슬픈 것이 보였다
그것은 내 눈물의 낭떠러지를 너에게 들키는 것
들킨 채로 화려하게 깨어지는 것이었다
깨진 자리에서 너도 없이 한 잎 구절초로 피어나
가을을 맞는 것이었다

왜 못이라고 부르더냐
- 수성못 1

왜 못이라고 부르더냐
모습에 견주어 무뚝뚝한 이름이더냐
갖가지 꽃나무가 바람에 한들거리는
도심 복판 푸른 호수

일본인이 판 저수지라 못이더냐
저항시인 상화의 詩라서 빼앗긴 들이더냐

오늘 대구시민 한 사람은
나라 뺏긴 때보다 살기 어렵다 말하고
어제 서울 기자 한 사람은
절망의 도시 대구라 지면에 썼구나

아서라 사람들아
표면에 서서 수심을 말하지 말거라
대저 못이란 고여있는 듯 흐르는 물,
흐르는 듯 지켜보는 하늘 닮은 눈

대구는 무뚝뚝한 듯 정 많은 사람이

겉보다는 속으로 사랑하며 사는 곳

살기 어려워도 여기에 절망해도 여기에

일이 년이 아니라 백 년 가까이는
살아봐야 그 아름다움의 근원이
물에 어리느니

실실이 늘어진 버들가지 아래
- 수성못 2

사랑아
언제나
그곳에 있거라

살다 지친 누가 오면
흐르다 지친 누가 오면
실실이 늘어진
버들가지 아래

말없이 젖는 사랑아

벚꽃 피면 벚꽃을
낙엽 지면 낙엽을
어쩌다
흰 눈 내리면 흰 눈을

빈 벤치에 앉혀 놓고
기다리는 사랑아

어떤 말이라도 다 들어 주고
소문은 내지 않는 은물결아

내 마음이 어둡살 질 때면
너를 만난 내가 맑아져 돌아온다

꽃 피어 무성한 산책로를 열어놓고
- 수성못 4

꽃 피어 무성한 산책로를 열어놓고
사랑을 언약하며 걷기 알맞은 둘레길을 둘러놓고

나는 항상 거기에 있어 주겠다

누가 와도 좋지만
당신이 와서 앉으면
더욱 푸르러지는 물빛과
당신이 와서 거닐면
더욱 싱그러워지는 수목을 심어두고

나는 항상 거기 있어 주겠다

세상에 아름다운 덕목은
기다림이다
기다림은 사랑의 다른 이름

영욕의 사연일랑
크고 검은 돌 안에 詩로 세워두고

일몰 무렵 나란히 앉은 연인의 모습으로

나는 항상 거기 있어 주겠다

형형하지만 조용한 눈빛을 하고
대한민국 대구시 수성구 두산동 수성못
백 년을 있었으니 천 년도

나는 항상 거기에 있어 주겠다

수성못역

- 수성못 18

공중에 부웅 떠서 달리는 자기부상열차
세 칸 객실마다 켜진 불이 환해서 창백한 밤
정순이는 그 차를 타고 왔다
몇십 년 만에, 하고 싶은 말 있다며 불쑥 왔다
중학교 동기, 어른 잘 섬기고
노래도 잘하고 의리도 있던,
고령군 운수면 과수원집 딸
물처럼 구름처럼 너무 늦은 밤이
그녀의 말을 끊었을 뿐
안 들어도 알만한 날의 옆얼굴을
보여주었으나 끝내 안 보여 준 것이 있었다
그녀가 그다음 날 내게 보낸 자신의 부음

수성못역은 알았을까, 나만 몰랐을까
그 밤이 마지막이란 걸
마지막이라 처음인 듯한 한 마디 그리워 왔다는 걸

한밤중 내 친구 잠시 내려줬다 싣고 간
수성못역

왕벚나무

- 수성못 10

꽃가지는 수면에 닿으려다 멈춘다

물은 꽃가지에 닿으려다 멈춘다

나는 휴대전화 번호를 누르려다 멈춘다

닿고 싶을수록 멈춰야 아름다워

물과 꽃 사이를 바람이 치고 간다

물에는 푸른 비늘이 돋고

꽃가지에는 연분홍 꽃이 맺히고

내 마음엔 호수만큼 투명한 아름다움이 고인다

천 원짜리 한 장을 넣고 돌아와

- 수성못 20

간이 전등을 켜
어둠의 휘장을 걷어 올린 수변 무대에
한 사내가 기타 반주하며 노래를 한다
궂은 비 내리는 밤 그야말로 옛날식 다방에 앉아
돌아오지 못할 것에 대하여 낭만에 대하여
사무친 목청 내지르며 가락 이어갈 때
새로 심은 부들과 수련, 바늘꽃이
제법 푸르름의 자리를 잡고 박수를 친다
사람들 차츰 모여들어 제법 관중을 이루는데
입을 쩍 벌린 사내의 기타 케이스 안에
한 노파가 천 원짜리 지폐 한 장을 넣고 돌아와
내 옆에 앉는다 저렇게 열심히 노래하는데 일천 원만 놓아서
미안해 어쩌냐고 생면부지의 내게 귓속말로 묻는다
정말 미안한 표정으로 묻는다
그 늙은 순정한 인정에 어쩐지 가슴이 울컥한다

산책
- 수성못 21

먼저 간 사람의 발자국 힘으로
길은 생겨나고
바람이 날려준 꽃씨의 인연으로
내 발끝에 꽃들 피어나네
내 손으로 뿌린 것 없어도
철철이 아름다움 주는
호수 곁에 살게 됨은 고마워라
누가 부르는 듯 산책 나가
살랑바람이 일으키는 파문에
꽃피다 돌아오면
거기까지 따라와 눕는
목덜미 하얀 별들
멀리 보이는 겹겹 능선의
푸르스름한 빛깔들
어디서 오는 것들일까
누가 정해주는 것들일까
내 손으로 뿌린 것 없어도
철철이 아름다움 주는
호수 곁에 살게 됨은 고마워라

법이산 봉화주자
- 수성못 11

가르마 같은 하얀 외길이
숲속으로 흘러가는 법이산 등산로
허물어진 몸을 시멘트로 봉합한
봉수대 돌 속에서
웃통을 벗은 근육질의 사내가
달리고 있다
그는 오른손 높이 활활 타는
횃불을 치켜들었다
급히 알려야 할 게 있다는 듯
밝혀야 할 게 있다는 듯
밝혀졌어도 구하지 못한 게 있다는 듯
달리고 있다
달려가서 전하는 것 말고
다른 생은 없다는 듯 달리고 있다
허리춤에 매듭이 있는 무명바지를 입은 그는
오백 년을 넘게 달려오다가
아카시아꽃이 흰 옷을 훨훨 벗어던지는
산길에서 나와 만났을 뿐,
내가 안쓰럽다는 듯 바라보자

멈춰 서서 물끄러미 나를 보다가
이내 또 달리기 시작한다
밝혀야 할 것이 있다는 듯이
밝혀서 전하는 것 말고
다른 생은 없다는 듯이

두산오거리

- 수성못 19

사는 게 바빴던 우리는 그냥
길이나 하나 더 내며 살았나

우로 가면 묵너미 옛길
좌로 가면 들안 옛길
죄 없이 아름다운 길
옳은 것은 옳다고 우기는 힘
어쩌지 못하는 대구 기질

많은 외지인들이
대구는 끝났다 하고
대구는 못 쓴다 해도
오늘 또 못 쓴다는 인물에게 표를 던진다
믿는 것은 끝까지 믿어 주는 순정인가
못 말릴 지조인가

2부
답답

답답

부관참시란
죽어 묻힌 사람을 꺼내어
한 번 더 참하는 것이다
역사 속에서는
부관참시를 당하더라도
옳은 것은 옳다 하고
그른 것은 그르다 한
인물들이 더러 있었는데
사형제도조차 폐지된 지금은
자신에게 불리하다 싶으면
그른 것도 옳다 하고
옳은 것도 그르다 하는
사람들이 많다
모두들 역사의 발전을
부르짖는데
역사는 정의의 퇴보로
진보하는 걸까
추상秋霜이란 말이 안 쓰이는 요즘이다

절대주차금지

산다는 게
한 뼘 주차할 자리 찾아
헤매다 가는 길이라 해도

찌그러진 의자, 커다란 돌덩이, 버리려고 내놓은
이불 보따리조차 턱 하니 나와 앉아
거부의 몸짓을 보이는 거기를
억지로 비집고 들어가다 보면

나에게도 두 팔 벌려 환영받는 길로
진입할 생이 오기나 할까

보닛 위에 떨어진 장미꽃잎에도
비애가 서린다

나무는 종일 서 있어도

나무는 종일 서 있어도
의자를 찾지 않는다
풀잎은 종일 꽃 피워도
물통을 가져오지 않는다
기슭에 사람 깃들어
손바닥 밭이라도 지으면
물통에 의자에
바가지에 노끈에
판자에
온갖 잡동사니 다
불러들인다

딴짓

청도 매전 감밭에
감 따는 봉사 나갔는데
감알을 조심스레 감싸 쥐고
비틀어 딴 뒤
바구니에 담으면 된다는데
감꼭지 뒤에 숨은 청개구리에 놀라고
상자에 나타난 꽃뱀에 소스라친 다음
나무에 올라 한 알 쥐고 당기는데
감 가지가 당겨지면서 우와!
숨어 있던 하늘이, 푸른 물이 뚝뚝 듣는 하늘이
내 가슴 앞으로 성큼 내려온다
난생처음 맡아보는 가을하늘의 향기
수런거리는 감잎의 음악
감 따는 일 그만 잊고 있었는데
십 리 밖 주인이 어찌 알았는지
송정동 아지매 감 안 따고 뭐 하능교
낭만파적 내 놀음에 일침을 준다
나는 아직 푸른 하늘에 빠져
허우적거리는데

소금쟁이

일생 물에 붙어살면서
한 번도 물에 빠져보지 못한 몸
표피만 꼬집어보다가 그것이
물이다 한다면 너무 싱거운 일이다
허우적거려 본 자만이
삶의 깊이를 잴 텐데
호되게 물 먹어본 자만이
숨막힘을 맛볼 텐데
소금보다 짜다는 세상에
제 삶의 가벼움이
참을 수 없는 갈증인 소금쟁이는
수면에 가슴팍 바짝 밀착하고
다 들이마실 듯 날마다
깊은 수심을 들여다본다

앵무새 피

어쩌다 낙점된 여인이 왕의 처첩이 되려 할 때 처녀인지 아닌지 감별하는 도구로 앵무새 피를 쓴다 희미한 등촉 밝힌 구중궁궐의 밤에 목욕시킨 여인의 흰 팔뚝에다 누군가 앵무새 핏방울을 떨어뜨린다 처녀가 아닌 여자의 팔에는 피가 묻지 않는다는 것이다 앵무새는 사람의 말을 그대로 따라 하는 새이니 앵무새의 피도 여자의 순결 여부를 그대로 알려준다는 믿음이다

만물의 영장인 사람도 모르는 그 일을 죽은 새의 피 따위가 어찌 안다고, 어리석지 않았던 그녀는 처녀도 아니면서 능청스레 앵무새 피를 흠뻑 받아 왕을 모신 뒤 왕비가 되었다 그로부터 수많은 사람의 피를, 역사의 팔뚝에 묻혔다

변이

새벽 거리에서
두 명의 환경미화원을
보았다
아주 젊은 사람이었다
둘 다 도수 높은 안경을 꼈다
여위었고 대학생 같은 차림이었다
행동거지는 날렵했다
쓰레기를 그득 실은 청소차 뒤에
바짝 붙어서 쓰레기를 안고
달리는 듯했다
아직 어두운 새벽의 거리
어둠이 펄쩍 뛰어내려 젊은이
둘을 청소차에 던져 싣고
달리는 듯도 하였다
예전에는 대부분 노인들이 하던 일이었다
젊은이가 하는 것은 내 보기에 처음이었다
왠지 마음이 아렸다
무언가 변하고 있음이다

무언가 뒤집어지고 있음이다
아직은 미명이었다

가랑잎

꽃이 외로워지면 잎이 되고
잎이 외로워지면 낙엽이 되고
낙엽이 외로워지면 가랑잎이 된다

닿기만 해도 가랑가랑 아픈 소리 내는
가랑잎이
소설小雪 지난 길거리를 굴러다닌다
싸늘한 바람 말고는 의탁할 곳 없는 그를
바람은 사정없이 휘날려 내팽개친다

늙는다는 건 외로움의 극점으로 가는 것이다

외로움을 견딜 줄도 알아야 한다고
아주 교양 있게 강연하던 그가
어느새 추레한 몰골이 되어 무료급식소
긴 줄 앞을 기웃거린다

반전

필리핀 어느 지역 가난한 사람들은 집이 없어
공동묘지 무덤 속에 들어가 산다
지하 어둑한 통로를 지나 켜켜이 놓여 있는
망자들의 석관 위에서 끓여 먹고 잠도 자고
아이도 낳아가며 산다
하루 날품이라도 팔고 오는 날은
가족 파티도 열며 즐겁게 산다

무덤이 무섭다는 건 관념일 뿐
오히려 죽은 사람은 무섭지 않다 한다
산 사람이 무섭다 한다

공작

관람객 없는 달성공원, 날개를
이 도령 부챗살 펼치듯 활짝 펼치고,
한낮의 우리 속을 빙빙 도는
공작을 보았다
다른 새에겐 없는 그 화려한 날개
얼마나 자랑스러웠겠나
얼마나 자랑하고 싶었겠나
그러나,
봐 주는 이가 없으니
초라하기 이를 데 없었다

시인도 그러하지 않겠나
아무리 뛰어난 시를 쓴들
읽어주는 이가 없으면
얼마나 초라하겠나
아무도 읽지 않는 시를 들고
행여 누가 봐 줄까 혼자 빙빙
노래하고 있으면
얼마나 초라하겠나

그러나 시인은
고독의 외로운 펜촉으로
자신의 아름다움이 아니라
세상의 아름다움을 적는
사람이어야 하지 않을까

구 왜관철교

열차 소리는 들리는데
열차는 다니지 않는다

누군가를 건네주기보다
누군가를 기억해 주기 위해
견디고 있는 다리

6.25 때, 마지막 격전 때
죽을힘을 다해 싸우다가 죽은 다리
강물이 핏물로 범람했다는 다리

이제 핏자국 하나 없는 맑은 다리

희생을 이야기하는 이 드물어
자신이 누군지 가물거리는 다리

얼굴 없는 얼굴이 푸른 철모를 쓰고
호국, 호국이 무엇인가 묻고 있다

가시연꽃

살아 봐야겠다고 고개를 드는 순간
온몸에서 가시가 돋았다
내가 나를 지키기 위해서는
고운 모습 버리는 변장도 필요했다
세상은 은근히 원만을 강요하는데
나는 날카로움을 택했다
두루뭉술 살아가며 은근슬쩍 넘어가는 것은
대개 가짜였다

많은 벗을 가진 사람이 진정한 벗
하나 갖기는 어렵다는 의미를 곱씹었다
가시도 모르는 이가 꽃은 알까

많은 사람 만나 입는 상처보다
아무도 안 오는 상처가 더 아프다는 거 알지만
이제는 내가
어디서 어떤 모습으로 피어야 하는지는
알 것 같다

충사

고뇌해서 시 쓰고
비용 들여 시집 출간,
또 비용 들여 우송하고
그러고도 우울하게
독자의 반응을 기다리는 시인,
노고에 대하여
전생에 무슨 업보로 받는 형벌이냐고
이번에 시집을 내고 쓸쓸해하는 어느 시인에게
위로하듯 말했더니 그가
시인은 충사라고 한다

벌레 충蟲
선비 사士
시라는 벌레가 몸 내부에서 끊임없이
표면으로 기어 나오므로 날마다 털어내야 하는
업을 지닌 선비라는 것이다

벌레를 털어 선비가 되어야 하니
얼마나 번사로웠겠나

얼마나 외로워야겠나

그래도 선비라는 아름다운 그 의미 때문에

감수하나 보다

충사 · 2

문학상 더러 받고 떠받들어져
다락같이 높은 자의식의 당상에 앉아
문학상 못 받고 시 쓰는 시인을
바퀴벌레 보는 듯하는 시인을 보면
그가 바로 벌레 같다
시인은
벌레 충 선비 사
선비는 어디 가고 벌레만 남은 벌레 같다

고통을 잃은 사람

그는 고통을 잃은 사람이다
수많은 바퀴가 깔아뭉개는데도
비명 한 마디 없이 누워있다
나비 떠나간 꽃대처럼 조용한 사람
일생 동안 쓰려고 몸 구석구석
비축해 두었던 비명, 어디로 날려 보냈는지
도로 한복판에 흰 스프레이로 윤곽을 그리고
큰대大자 누운 사람

트레일러의 육중이 내리눌러도 소리 없는 사람
살아 있음의 명백한 증거인
고통과 비명이 그리워
밤이면 유령처럼 벌떡 일어나
어디론가 사라졌다가
낮이 오면 현장 아스팔트 위에 찰싹
드러누워 있다

4차 산업 앞에서

사람의 뇌를 컴퓨터에
업로드시키면
몸은 죽어도 뇌는 살아서
육체 없이 말을 하고 생활할 수 있다
그것이 불만하면 또 연구를 해서
인공피부 인공장기
사람의 육체도 영생불사 할 수 있다

시인도 여러 시인의 감성을
컴퓨터에 업로드시키면
자연인 시인이 도저히 못 따라올
명작을 인공지능이 써 낼 수 있다

잘하는 일일까

자연인은 퇴화하고 인공인이 진화하는 일

오늘 컴퓨터 앞에서 비대면 신청서를 넣는데

당신은 로봇입니까 묻는다
깜짝 놀란다

어쩌다 두루마리 휴지를

어쩌다 두루마리 휴지를 떨어뜨렸다
휴지는 마구 굴러간다
당기면 당길수록 더 멀리 달아난다

흰 눈 내린 오솔길 끝없이 펼치며 달아난다
그 길 위에 살랑바람이 불고
바쁜 약속 시간이 잡아먹힌다

서 있는 자리에선 수습이 불가한 희디흰 방류

쫓아가서 내 몸 구부려 몸통을 잡기 전까지는
절대로 멈추지 않는 두루마리를 붙잡으며

하찮은 휴지 따위에게 통제받는 나를 본다
하찮다고 생각한 것의 어떤 못 말릴 고집을 본다

내가 가진 어떤 것이 너무 잘 풀릴 때
오히려 옭아 감길 수 있다는 느낌을 본다

3부
탑

바늘꽃
  - 탑 2

　호숫가에 바늘꽃이 피었다
　어떤 이는 바늘꽃이라 부르고 어떤 이는 나비꽃이라 불렀
다
　가냘픈 한 몸에 두 이름 받은 연유는 모른다 해도
　바늘도 꽃을 피운다는 건 내 어릴 적 수繡놓던 어머니를 보
아서 안다

　눈부신 수틀 속을
　색실 꿴 채 들락거리는 바늘 끝에선
　꽃이며 나비가 마구 피고 날아다녔다
　오지 않는 아버지를 기다리는 긴 밤에는
　석가탑 한 채를 수놓으며
　한 땀 한 땀 무영탑 전설을 들려주었다

　탑이 완성될 때까지 여인을 만나면 안 되는 금기로
　천 리를 찾아온 아사녀가 아사달을 못 만나고
　영지 속으로 뛰어드는 장면에선
　어린 마음에도 안타까움의 탑이 쌓였다

허튼 것은 탑이 되지 않는다
사랑조차 희생하는 공력이 탑이 된다는 의미가
천 층 만 층 구만 층 내 마음의 기단 위에 꽃으로 피어나는
그런 밤도 내게는 있었다

핸드백

- 탑 3

뻔히 알면서 분별없이 또
장미가 달린 핸드백 하나를 구입하고 말았다
핸드백상점을 지나치지 못한다

전생에 못다 가져온 것이 있음이다

이제 마지막처럼 그 백을 어깨에 메고
전생의 거리로 들어간다 못 가져온 그 무엇을
이제는 기어코 담아 오리라 그리고 다시는
핸드백을 탐내는 지름신에 지피지 않으리라

  전생의 거리에는 화려하고 아름다운 물건들이 즐비하게 놓
여있었다
  그런데 어느 것이 못 담아 온 것인지 도무지 분간이 안 되
었다
  들여다보고 만져보기만 할 뿐 머뭇거리는 사이
  시간이 다 됐다며 전생의 거리는 나를 밀어낸다

하는 수 없이 빈 백을 메고 현생의 거리로 돌아 나오는데
가을바람이 우수수 떨어지는 은행잎만 한가득 담아 주었다

오므라진 나팔꽃 입

- 탑 4

할머니들 입은
오므라진 나팔꽃 같다
오므라진 나팔꽃 입들이
서문시장 난전 국숫집
나무의자에 앉아 국수를 먹는다
바퀴벌레 모기약 외치는 행상 옆에서
더럼을 타지 않고
천천히 흐르는 구름같이 느리게 국수를 먹는다

하나같이 뽀글뽀글 볶은 파마머리, 헐렁한 옷
저승꽃 한두 떨기 손등에 피어난 나팔꽃 입술들

아기를 바구니에 담아 들판에 두고
모 심었던, 어쩌면 이 나라 적빈의 들판이
여기까지 오도록 맨몸으로 노역한 세대들

자신을 위해서는 국수 한 그릇도 아끼다가
저무는 나팔꽃 입술이 되고서야
한 그릇 국수에 노년의 미각을 맡긴다

가제 손수건 풀어 꺼내는 국숫값 삼천 원이

더디고도 더뎌서

연민의 넝쿨이 내 마음을 휘감는다

제일모직

- 탑 5

그 옛날에
로션 향기 솔솔 풍기던 동네 언니들
혹은 진학 못 한 내 친구가 다니던 제일모직
대구역 뒤 침산동 일본식 건물
창문 빼고 온통 푸른 담쟁이로 덮여있던 2층 사옥
그 순한 처녀들이 푸른 담쟁이로 숨어서 무슨 꿈을 꾸는지
들여다보고 싶었던 모직 공장
오늘 가보니 창조경제 단지가 되어
노트북을 든 청년들의 창업준비 공간으로 쓰이고 있다
그들은 대부분 찢어진 청바지와 고급 운동화를 신었고
자신감으로 당당하며 첨단전자기기를 능숙하게 다룬다
긴 머리카락 손수건으로 묶고 순한 미소 지으며 수줍은 듯
출근하던
그때 그 언니와 내 친구들은 어디로 갔을까
노동은 신성한 거라고 노동자는 대단한 권리를 가진다고
한번도 생각하지 않은 저임금에 데모 한 번 안 하고
진학 안 시켜준다고 항변 한 번 할 줄 모르고
주어진 대로 일해 주어서 차라리 세상에 평화를 주었던 그
처녀들

마음속엔 당초무늬 금동사리함 같은 희망 하나 보관해 두
고
　주경야독 코피를 쏟으면서 착한 석공처럼 생을 직조해 올
리던 그 언니들,
　긴 복도를 걸어가며 세련된 간유리로 리모델링된
　창문을 지나는데 울컥 눈물이 날 것 같다

흥덕왕릉

- 탑 6

왕후 장화 부인이 죽자 외려
궁녀들을 멀리했다는 왕이 묻혀 있어
봄날 나른한 내 보폭으로
일백스물일곱 걸음 둘레를
소쩍새와 걸었다 제비꽃과 걸었다
짝 잃은 앵무에게 거울을 갖다 줘
짝인 듯 느끼게 했다는 유사를 되새기면
왕이기 이전에 한 여인만 사랑한 한 남자의
애상이 내 마음에 비련의 탑을 쌓아올린다
흥덕흥덕 빛나는 왕업보다 소쩍소쩍 인간으로
그 마음의 순정이 좋아
그 일편의 지조가 좋아
구불구불 휘감기는 소나무들
그는 심장이 하나뿐인 걸 알아 사랑도 하나가
진짜라는 걸 알았던 남자,
그가 펼쳐놓은 초원 위에 흰옷 입고 환생한
장화 부인으로 앉아
천 년 전 그 낙심을 어루만져 주고 싶다
천 년보다 오래 그 얘기 들어주고 싶다

평생 한 여인만 사랑하다 가는 것도 탑이다
평생 한 사람만 사랑하다 묻히는 것도 탑이다

화단
- 탑7

머나먼 스와니처럼 흘러간 어린 시절 마당이 한가득 꽃인 집에 살았다 해바라기 홍초 달리아 백일홍 분꽃 봉선화 채송화… 키 순서대로 자란 꽃들이 엷은 한지창을 비추는 한옥이었다 어느 날 그 화단 사잇길로 얼굴빛이 흰 여승이 탁발을 왔다 여승은 색색의 꽃을 보고 탄복하였다 어머니는 왕오천축 석가라도 맞이하듯 여승을 대청마루에 모시고 이내 점심 공양을 염려하였다 여승은 아무거나 괜찮다 하였으므로 뒤란 텃밭으로 간 어머니는 쪽파 한 움큼을 뽑아왔다 그러고는 금방 지은 밥에 쪽파 겉절이를 곁들여 상을 차렸다 여승은 다소곳이 서 있는 어머니에게 함께 들기를 권하여 두 분은 내가 알 수 없는 이야기를 주고받으며 아주 맛있게 들었다 그 매운 파를 맛있게 드는 두 분이 얼마나 놀라웠는지 나는 화단 귀퉁이로 가서 맨드라미처럼 붉은 혀를 빼물고 헉헉 뜨거운 흉내를 내보았다 정갈한 여승과 깔끔한 어머니와 그 풋여름의 환한 햇볕과 싱그러운 바람의 향내를 잊지 못한다 그때 어머니는 댓 살밖에 안 된 나를 앞세우고 이 아이는 커서 무엇이 되겠냐 물었다 여승은 화단을 이리 아름답게 가꾸는 분이 양육한 아이라면 더 볼 것도 없다며 합장하였다 그 성장 설화를 시초로 막연하게나마 화단을 아름답게 가꾸는 사람의 자식은 더할 나위 없는 인생을 살 거란 관념을 가지게 되었다 후일에 알았지만 파는 절에서 금하는 채소였다 어머니는 수능엄경을 몰랐을 것이다 다만 시장할 스님을 위해 성심껏 올렸을 것이다 스님은 알고 있었을 것이다 알면서도 어머니의 정성이 참되어 감사히 받았을 것이다 나는 부자가 되지도 못하고 명성을 얻어 출세하지도 못했지만 화단을 보면 지금도 마음이 순해지고 아름다워지고 소박해진다 꽃을 공들여 가꾸는 사람은 사람도 정성 들여 섬기는 심성이 있다는 걸 안다 누구나 진정으로 사랑하는 사람에겐 꽃을 바치는 마음도 어렴풋이나마 안다 그것은 내가 배운 최고의 경전이다

종이 한 장
- 탑 8

이른 봄
등 뒤에서 누가 오는 소리 들려 돌아보니
구겨진 채 굴러다니는 종이 한 장이다
종이는
사람 발소리를 내며
제 마음으로 떠돌아다닌다

변덕스런 바람에 펄쩍 뛰기도 하고
낙엽 구르는 소리로 구르기도 하다가
잠잠히 서 있기도 하다가
어느 곳에 가서 조용히 멈추는데

아! 거기,
눈부시게 매화가 피어 있었다

언젠가 연인에게 썼던 서신 한 장
사연은 풍화되고 구겨진 몸만 데리고 와서
아직 꽃핀 줄 모르는 내게
꽃피었다 전해주고 저만치 굴러간다

하회
- 탑 9

강이 돌아간다
물이 휘돌아 간다
돌아가면 더 멀고
더 외롭지만
사랑은 조심하는 것이라서
맞닥뜨려 범하지 않는
그 마음이 조심이라서
당신 있는 그곳을 휘돌아 간다
마음이야 반짝이는 그대 곁을 맞대어
휘감고 가지만
몸은 그대보다 먼 곳을 돌아서 간다
인생은 흐르는 거지만
사랑은 조심해 주는 거라서

손바닥 흙마당

- 탑 10

나에게는 손바닥만 한 흙마당이 있다
그 흙마당에 부추를 심어 보았다
베어내도 베어내도 부추는 자랐다
한 움큼은 부침개 한 움큼은 겉절이
또 한 움큼은 된장에 끓여 먹었지만
언제 베어갔냐는 듯 본래만큼 자라 있었다

풋보리같이 가늘고 윤이 나는
푸른 결을 쓰다듬어 보며 알았다

손바닥만 해도 혼자서는 못다 먹을
풍요가 세상에는 있다는 걸

심어 놓기만 하면 누구와라도
나누어야 하는 소박한 사랑이 있다는 걸

그동안 단절되었던 건 내가
아무것도 심지 않았기 때문이라는 걸

사랑의 원리
- 탑 12

어느 날 관수재 대청에 누워
기둥이며 서까래를 바라다보니
못 없이 건축되었음이 보인다
날카로운 쇠못으로 힘주어 고정시킨 것보다
오래 지탱된다는 것을 목수에게서 들었다

우연히 올려다본 전통한옥 천장이
사랑의 원리를 은근히 표하고 있었다

사랑이란
속살 찌르는 아픈 것으로 서로를 옭아매어
준공하는 것이 아니라
각자의 맨살 맨몸으로
넘치는 곳은 깎아주고 모자란 곳은 부풀려줘서
눈비도 태풍도 함께 맞고 사는 것이라는 것을,
그래야 오래 간다는 것을
천 년을 함께 산들 녹스는 일 없이
목재 향기 은은히 풍겨 나온다는 것을

슬픔도 재산인가 보다 눈물도 보석인가 보다
- 탑 11

연잎은 이슬을 머금고 있을 때
더 아름다웠다
당신은 눈물을 머금고 있을 때
더 아름다웠다

유등연지 맷방석만 한 연잎이
초록잎 위에 모닥모닥 모아둔
이슬이며 물방울을
못물 속에 주르르 쏟아부을 때

눈물 많던 당신이
이제는 다 말랐다며
진주 같은 눈물방울
없는 눈을 보여줄 때

나는 그 무슨 소중한 것을
한꺼번에 털린 것 같아
마음이 텅 비었다

슬픔도 재산인가 보다
눈물도 보석인가 보다

그렇지 않고서야
내 마음이 그리 텅 빌 수 있겠는가
그리 허전한 물소리 들릴 수가 있겠는가

조춘

- 탑 15

되새김질하는 소보다 느리게

개울가 얼음이 녹는다

군데군데 살얼음 낀 골짜기

포도 나뭇가지들은 관절마다

분홍 매듭을 매고 팔을 벌린다

누군가 포도나무 전지하는 소리가

골짜기를 울린다 싹둑싹둑 추운

공기 자르는 가위 소리에

잔설모자 덮어쓴 산이

헛기침 두어 번 험 허엄 반사되어

하룻강아지 흙에 조그만 턱 대고 실눈을 뜬다

옆구리에 연둣빛 창문을 주르르 단 기차가

저 멀리서 휘영청 돌아 내 앞으로 온다

수풀

- 탑 14

한여름 수풀 속을 가로지르며 나는 아야 아야 비명을 지른
다
　멀리서 보면 마냥 푸르고 풍성하고 싱그럽고 순하기까지
한 그들
　가까이 가보면 대부분 가시를 가지고 있음이다
　찔레 오가피 엄나무 아주까리 환삼덩굴 호박잎
　온갖 소소한 가시들이 옷자락을 잡아당긴다
　뺨이며 팔뚝 종아리를 할퀸다
　그래도 포기 안 하고 안으로 들어가는 것은
　멀리서 보았을 때 그 좋은 인상이 어디엔가 있을 것 같아서
이다

　사람도 그러했다
　멀리서 보면 마냥 상냥하고 친절하고 다정하고 순하기만
하던 이들
　가까이 가보면 대부분 성깔을 가지고 있음이다
　숙이 선이 명이 석이 환이 윤이 미자 …
　좋다고 가까이 갔다가 온갖 소소한 사연으로 내 마음을 꼬
집히고

뒷담화에 할퀴었다

그래도 그들 속으로 자꾸자꾸 들어가려 하는 것은

언젠가 내게 보여준 사랑이 성깔의 이면에 있을 것이기 때문이다

어리연꽃

- 탑 16

안방 커튼에 붙어 있는 잠자리를
못 날려 보내는 건
살며시 잡는다 해도
소스라쳐 오그리며 날개 떨 몸짓 때문이다

거실 바닥을 기어 다니는 파리를
때려잡지 못하는 건
내려친 신문지에 묻을 터진 내장에
소스라칠 내가 싫기 때문이다

그리하여 나는 어리하다는 소리를 듣고
방죽으로 걸어가 어리연꽃을 본다

샛노란 꽃빛에 보송보송 솜털연꽃
여려서 어여쁜 어리연꽃

어리하다는 건 어리숙하다
여리다 그런 뜻 아니겠는가

그런 것이라면
나는 기꺼이 어리하리
여려야 아름다운 모든 삶 앞에
뻔뻔한 철면을 가지지 않으리

오동도
- 탑 13

동백꽃은 여느 꽃과 달리 송이째 떨어진다
꽃잎의 분산 없이 통째 떨어지는 꽃숭어리
선홍의 강렬한 꽃빛으로
낙화여도 낙화 같지가 않다
사람들이 주워다가
배롱나무 가지에 꽂아두고
벚나무 구멍에 끼워놓고
덱 난간 위에 차려 놓는다
붉은 낙화가 뿌리 다른 나무에 다시 핀 듯
놀랍지만 이내 실망한다
꽃이 핀다는 건, 피었었다는 건
두 번이 없는 일 회의 준엄이다
꽃의 재생을 섣불리 도모하지 말라
이미 떨어진 꽃에 대한 실례이다

그대 아무리 화려한 목숨을 가졌더라도
이미 떨어진 꽃이라면 재생의 꿈은 헛된 것이다
인생은 누구나 단 한 번만 허락된
개화와 낙화의 꽃일 뿐이니

깜짝이야라는 슬픔

- 탑 17

콩고에서 온 다니엘 버지니아
연탄만큼 시커먼 피부에
도드라진 흰자위
웃을 때 드러나 보이는 허연 치아
보는 사람마다 깜짝이야라고 해서
가장 먼저 배운 말이
깜짝이야라고 한다
놀랄만해서 놀라는 건 잘못이 아니지만
자신이 깜짝이야가 된
한국어의 의미를 곱씹으면
깊은 밤 밤과 분간이 안 되는
그 피부 위에 방울방울 슬픔이 맺힌다
나도 사람인데 나도
사람인데 눈물이 맺힌다

흑장미 그 여자

- 탑 18

빛이 조금도 안 들어오는
칠흑의 어둠을 견딜 때
가장 향기로운 향기가
몸 안에 생겨나는
발칸반도의 장미처럼
살고자 했다

진주가 조개의 눈물로 빚어지듯
향기는 장미의 절망에서 생겨난다는 게
소중한 일이지 하고 물었다

쉽게 살려 하지 않는 여자는
아름다웠다

여자도 독한 구석이 있어야 한다 했다
자신이 자신을 안 지키면 아무도
지켜주지 않는다 했다

나보다 서너 살 어렸지만 선생이었다

개미

- 탑 19

한여름 숲속 너럭바위
개미 한 마리가
죽은 개미를 물고 어디론가 가고 있다
죽은 개미가 제 몸보다 커서
매우 힘들어 보인다
땡볕에 그을려 새까만 개미
한 떼의 개미들 몰려와서 앞을 가로막는다
덤비는 떼전 앞에서도 놓는 일 없이
가만히 물고 멈춰있다
조금 조용해졌다 싶은지 틈새 뚫고
재빠르게 나아간다
내려 놓으면 편할 것을 왜?
궁금을 검색했더니 죽은 개미는
권력자 개미일 수 있다 한다
자신이 섬기는 이를 끝까지 지키려는 모습은
개미라 해도 갸륵했다

4부
금빛 은행나무

금빛 은행나무

가을에 금빛으로 물든 은행나무는
환하게 밝습니다
푸른 시절엔 볼 수 없던 밝기를 가집니다
가을 은행나무 숲길을 걸어가면
다소 어두웠던 나도 환해집니다

밝아도 눈부시지 않고
환해도 쏘아보지 않는
그냥 은은한 그 밝기가 나는
너무 좋습니다

나의 생에도 가을이 와서
내 살아온 만큼의 명도가 몸 바깥으로
드러나야 한다면
꼭 그만큼의 밝기가 나의 전신에 켜졌으면 합니다
말을 할 때마다 한 잎 한 잎
아름다움 떨어져 발밑에 깔리고
서 있기만 해도 사위를 밝히는 은은함이
금빛 낭만이 되어

누구라도 걷고 싶은 길을 만드는
그런 나무가 되었으면 좋겠습니다

가을 저녁연기

돌아보니 혼자구나
곧장 가려니 텅 빈 하늘,
실오라기 산길

강 건너 홀로 뜬 낮달

가더라도 흩어지더라도
무언가 한 번은 따뜻이
어루만지고 가야겠구나

불같이 살았으나
따뜻이는 살았는지
뼈를 풀어 살을 풀어
샅샅이 둘러봐야겠구나

산간마을 외딴
지붕처럼 외로운 누군가를
한 번이나마 따뜻이
만져 주고 가야겠구나

겨울 애상

구만 리를 날아가는 겨울 철새는
뼛속까지 속을 비운다
풀이 마르는 것은
나무가 잎을 떨구는 것은
가벼워지기 위함이다
가벼워져야만 닿을 수 있는 곳이 있다
사람의 발길도 끊고
계곡의 물소리도 끊고
고독의 힘을 기르는 겨울,
겨울은 명상의 장소를 우리에게 준다
남에게 휘둘리는 시간에서 벗어나
내가 고요의 산길을
홀로 걷는 것은
겨울 철새가 되고 싶어서다
겨울나무와 풀이 되고 싶어서다
가벼워지고서야만 닿을 수 있는 곳에
닿고 싶기 때문이다
다시는 누추해지고 싶지 않아서이다

얼마나 세상을 사랑하였길래

흰 눈을 덮어쓰고
피어 있는 동백꽃은
아름다워라
차디찬 눈 맞고도
싱싱한 얼굴 내미는
너는
아름다워라

얼마나 세상을
사랑하였길래

얼어도 얼고
시들어도 시들어야
할 곳에서
활짝 피어났느냐

선홍빛 꽃잎 갈피마다
뿌리는 왕소금 맞은 듯

싸락눈 끼우고도
활짝 웃고 있느냐

단둘이라는 말

한 남자가 한 여자를 진정으로 사랑하면
단둘이 살자 하나 보다
단둘이 떠나자 하나 보다

서울 어느 뒷골목
번지 없는 주소엔들 어떠랴
순아 우리 단둘이 살자
시인 장만영은 이런 시를 썼다

나타샤, 출출이 우는 깊은 산골로 가
마가리에 살자
백석 시인은 나타샤에게 이런 시를 써줬다

외로운 충만이 들어있는
단둘이, 단둘이란 말

그 말에는
가난해도 좋다는 뜻이 들어있다
사랑하는 사람 하나면

모든 것을 가진 것이나 마찬가지란 의미도 들어있다

용기 있는 사람만이 할 수 있는 말
진정으로 사랑하는 사람만이 할 수 있는 말
잠시 사랑하다 헤어질 사람은 감히 할 수 없는 말

장미꽃 향기 밤바람에 날리던
오월의 어느 날
처녀인 그대 손목 꼬옥 잡고 그 말 간절히 해주는
눈빛 맑은 사내가 있다면
엄청나서 오히려 밀쳐내지 마시라

긴 세월 흐르고 나면 가장 아까웠던 말인 줄
알게 될지 모르니

바람은

바람은
세상에 담길 곳 없어 떠도는
외로움이라는데
내 보기엔 담기기를 거부하고
떠도는 불한당이다

고요한 남의 집 앞문을 왈카닥 젖혔다가
조용한 남의 집 뒷문을 덜커덩 처닫고 떠나는
봄바람을 본다
백 년 나무 뿌리째 뽑아 퍼질러 놓고
소낙비 뿌리며 멋대로 떠나는
태풍도 본다

잡으면 빈손만 쥐어주고
놓으면 전신을 흔드는 이

간간이 미소짓듯 부드럽게 와서
꽃잎 속삭이는 미풍도 본다

믿을 수도 아니 믿을 수도 없어
전전긍긍하는 사이
좋아했든 싫어했든, 사랑했든 상처줬든
스쳐 간 곳마다 인연 맺어 놓고 간다

분꽃

눈 온다더니 눈 오지 않고 이모의 부음이 왔다

경북 고령군 다산면 노곡동 낙동강 변
외딴집 정지간에 저녁노을이 걸터앉으면
까만 씨앗 따서 속에 희디흰 분가루가 있다는 걸
어린 나에게 가르쳐 주던 처녀가 있었다
엄마에게 혼나는 나를 들쳐 안고
도라지꽃 핀 밤 숲까지 달아나 주던 처녀

낮에는 새들새들 숨죽어 있다가도
저물면 파랑파랑 피어나서 흰 분 꺼내 바르고
고개 너머 마실을 갔다

견우 만나러 가는 직녀처럼 설레는 그녀가 가는 마실이
뭐 하는 곳인지 어디쯤인지 알 수 없는 나는
뒷모습이 안 보일 때까지 바라보는 것이 고작이었으나
강물은 언제나 푸르렀고 은피라미 떼가
초저녁 원두막 별처럼 반짝이던 곳
아침이 되면 오므라져 돌아오고 저녁이면 활짝 피어

마실 가다가 외할머니에게 혼나곤 하던 그녀,

씨앗 속에 흰 분 바르면 예뻐지고 예뻐지면 사랑에 빠진다는
얘기마저 해주지도 않고

어느 먼 마실로 떠나간 걸까

눈 온다더니 눈 오지 않고 이모의 부음이 왔다

엔젤 트럼펫

어느 해거름 우리 집으로 배달된 꽃나무
초록 줄기 속에서 금빛 나팔 꺼내 불기 시작한다
시원찮다 싶으면 헌 나팔 버리고 이내
새 나팔 들고나오는 그는
젊은 날 실패하고 떠돌던 밤거리 주점,
언제나 고개 숙이고 연주에만 골몰하던
그 악사다
사이키 조명 아래 차라리 푸르게 빛나던
와이셔츠 소매
나는 일찍이 슬픔을 맛보았다
자신의 향기로운 노래는 깊은 마음속에 감추고
저 아닌 다른 이의 노래 감미롭게 반주 넣어주던,
그는 정작 자신의 노래는 잃어버리지 않았을까
누군가의 노래 뒤에 앉아 부지런히
흰 소매를 움직이던 사람
여러 개의 금빛 나팔 닦아 들고
우리 집 화분으로 배달되어 왔다

여름 수성못

수초에 숨었다 나온
흰 새 몇 마리
맨 앞의 한 마리가 뭐라고 뭐라고 소리치며
물 위를 미끄러지듯 나아가자
약간의 간격을 두고 또 한 마리가
같은 소리를 시늉하며 뒤따르고
또 약간의 간격을 두고 네 마리가
앞서거니 뒤서거니 따라간다
면사포 같은 흰 물 주름이 호수를
폈다 오므렸다 할 때
신록으로 몸이 부푼 산 그림자가
물속에 척 드러누워서
흰 물새들의 유영을 떠받치고 있다

압독국

바람도 어느 벌판에선 깃발을 접고
투항하는 날이 있어 압독국이 찾아왔다

아무리 조그마한 나라였어도
패망의 사실은 아프고 쓰릴 텐데
치욕도 분노도 원한도 잊었는지
초록 풀이 여러 기의 고분을 차렵이불인 듯
고이 덮어 지금은 어여쁘기만 한 망국,

금관이 흙을 털고 일어나
천 년 풍화된 허무를 덮어써 본다
금귀고리를 단 채 묻힌 아이의 흰 뼈가
대지의 젖니로 돌아가고 있다
창칼과 발굽소리를 잊은 말안장이
금테를 두른 채 살아나고 있다
나라는 망해도 삶의 흔적은 불멸이다

지금의 경북 경산 압량에 존재했으나
신라에 멸망했다는 나라

한 나라의 흥망성쇠는 그저, 인류가 살아가는
이야기일 뿐이라는 듯 편안하게 웃는 햇볕만
사라진 나라를 쓰다듬고 있다

첫눈 내린 수성못에

첫눈 내린 수성못에 낮달이 떴다
썰다 실수한 무 조각같이 얇은 달이
수면에도 한 조각 빠져 있다
어느 먼 북방에서 방금 날아온 가창오리 몇 마리
수성못 첫눈 몇 송이 쪼아 먹고 못에 빠진 낮달도
한 조각 살짝 맛본 후
이번 겨울은
여기 눌러살 작정을 한다

해금의 노래 · 1

시나 쓰지
악기도 하느냐 폄하 말아요
그리스 시인 사포도 릴리를
허난설헌도 녹기금을
황진이도 가야금을…

시만으론 외로워서 안 되니
노래만으론 쓸쓸해서 안 되니

해금의 노래 · 2

눈 오던 날은 가고
내 사는 마을에 살며시 매화 피었네
분명 흰 꽃인데 멀리서 보면
파르스름한 기운이 감돌아

마음 어딘가가 아픈 듯해서
사랑하는 이의 날숨 같은 향기는
천 리나 만 리나 봄바람 흘러와서

나는 시 쓰고 해금 만지지
세상 어지러울수록
애절히 스미는 나만의 가난한 재산
명주실 꼬아 만든 두 가닥 슬픔이 좋아라

두 가닥이면 되지
당신과 나 둘이면 되지
이 세상을 노래하는데
그리 많은 현이 필요한 건 아니야

나비가 두 낱장 저어 꽃 찾아가듯
두 가닥 명주실 위에 손가락 얹어
나비 날리듯 내 마음 날려 보내니

국화차 마시고 싶은 날

국화차 마시고 싶은 날은
여름 비 오는 날
엎어놓은 항아리 위에 빗물 고이고
고인 빗물에 분홍 배롱꽃잎 떨어져 고요한 한나절
볼록한 항아리 뱃구레를 휘감고 담쟁이 자라
초록 손바닥 같은 잎새 반질거릴 때
나도 대청마루 반질반질 닦아두고 싶지
싱그러운 빗줄기 뚫고
누가 와 주기를 기다리지
습기 꿉꿉해도 여름비에게

국화차 한잔하자 하고 싶지
작년 가을 말려둔 황국 속의
햇볕 꺼내어 나누고 싶지
물로써 물의 향기 데우며
고운 이야기 나누고 싶지
바쁘게 사느라 빠르고 거칠었던
나의 말씨
국화차 머금어 차분히 고치고 싶지

국화차 마시고 싶은 날은

여름 비 오는 날

즐거운 폭력

어쩌다 내 옷만 세탁하게 된 날
세탁기 안을 들여다본다
세탁기보다 센 물살이
내 팔다리와 멱살을 마구잡이로 끌고 가서
왼쪽으로 처박고 오른쪽으로 처박는다
어설프게 아파서는 빠지지 않는 얼룩이 있다고
슬슬 헹궈서는 어림없는 오욕이 있다고
내 몸 벗은 내 몸을
휘리릭 휘리릭 강력 회전시킨다
근데 그 폭력 어쩐지 즐겁다
정결이 전제된다는 건 폭력도 즐거운 것이다
남몰래 죄지은 내 영혼도 한 스푼 슬쩍 넣어
함께 돌린다 왠지 시원하다 왠지 개운하다

약속

한겨울에 나무를 보면
다시는 꽃 피울 것 같지가 않다
갑옷으로 무장한 등걸에
회초리처럼 삭막한 가지에
냉정하고 단호하게 다문 입

그런데

때가 되면 어김없이
고운 꽃송이 내밀어
나를 놀라게 한다
무언의 약속이다
무언의 약속 이행이다
언약도 없이 서약도 없이
기억해 주는 마음

사람의 약속도 그러했으면 좋겠다

역사와 문화를 담은 수성못의 시 세계, 그리고…

서지월_{시인}

1. 수성못의 시 세계

대구시단뿐만 아니라 대구 문화예술계에 수성못의 시인으로 서서히 떠오르는 이가 바로 이해리 시인이 아닌가 생각한다. 가장 지역적인 것이 가장 세계적이란 말이 있듯이, 모든 문화는 지역성과 역사성에 더하여 그것만의 고유성을 포함할 때 가장 의미 있는 문화의 꽃을 피우는 것이다.

바로 이해리 시인이 보여주고 있는 연작시 수성못을 위시한 일련의 시들이 그러하다. 수성못은 달성공원과 함께 대구시민 누구에게나 향수를 불러일으키는 곳이다. 인간의 삶에서 편안한 주택과 맛있는 음식도 중요하지만 때로 풀밭과 같은 어떤 여유롭고 아름다운 휴식도 그리워지는 것이다. 수성못은 예나 지금이나 뿌리 깊이 내려 튼튼한 줄기와 무성한 잎과 같은 모습으로 시민들에겐 정신적인 문화공간이 되어왔다.

오래전의 일이다. 휴대폰이나 TV가 성행하지 않았던 시절, MBC라디오 저녁 8시 40분이면 어김없이 방송되는 〈사랑의 계절〉이라는 프로가 있었다. 거기 사랑의 체험 수기를 공모했는데 뽑힌 글은 라디오 연속극으로 방송되었다. 그때 어느 여성이 투고해 뽑힌 글이 수성못을 공간으로 만난 사랑의 이야기였다. 수성 호수의 아름다운 풍광을 배경으로 젊은 남녀가 만나고 헤어지는 사랑이야기였으니 방송 내내 아주 매혹적으로 들렸다.

사랑의 랑데부가 소중한 만큼 수성못은 지금도 대구시민에게 중요한 산책 공간이며 대구를 상징하는 문화적 공간으로 시민의 사랑을 받고 있다. 과거 〈안개시인〉이라는 레스토랑이 있어서 많은 시인들이 들락거리며 시 창작 강좌, 시화전, 시낭송을 펼치기도 했다.

이런 의미에서 더욱 친근하게 읽히는 이해리 시 〈수성못〉 연작시를 보면,

희미하다 해서
엷어질 수 없는 사람아

곧 사라질 걸 안다 해서

지워질 수 없는 사람아

빛을 잃었기에 더 아련하게

그리운 사람아

어쩌다 먼 길 돌아와

흰 이슬 가을바람 서성이는

내 방문 앞 추녀 끝에

창백한 얼굴로 떴다가

나도 안 보고 가려하는가

— 「낮달」 전문

이처럼 수성못 하늘가에 홀로 뜬 낮달은 분명 누군가 그리워 찾아왔거나 잊지 못할 회한을 품은 그 존재 자체이다. '희미하다 해서', '곧 사라질 걸 안다 해서' 엷어질 수도 없으며 지워질 수 없는 낮달처럼 시공간을 초월해 시인의 눈에 비친 낮달인 것이다.

뿐만 아니다,

사랑아

언제나

그곳에 있거라

살다 지친 누가 오면

흐르다 지친 누가 오면
실실이 늘어진
버들가지 아래

말없이 젖는 사랑아

벚꽃 피면 벚꽃을
낙엽 지면 낙엽을
어쩌다
흰 눈 내리면 흰 눈을

빈 벤치에 앉혀 놓고
기다리는 사랑아

어떤 말이라도 다 들어 주고
소문은 내지 않는 은물결아

내 마음이 어둠살 질 때면
너를 만난 내가 맑아져 돌아온다

　　　　　　　　ー「실실이 늘어진 버들가지 아래」전문

　햐! '어떤 말이라도 다 들어 주고/ 소문은 내지 않는
은물결'의 수성못 풍정이다. 때 묻지 않은, 오염되지 않은

자연공간이 수성못이다. 벚꽃을, 낙엽을, 흰 눈을 다 받아
주는 넉넉한 벤치에 앉혀 놓고 '기다리는 사랑'이 있는
수성못인 것이다.

　그러니까 시인은

　　누가 와도 좋지만
　　당신이 와서 앉으면
　　더욱 푸르러지는 물빛과
　　당신이 와서 거닐면
　　더욱 싱그러워지는 수목을 심어두고

　　나는 항상 거기 있어 주겠다

　　세상에 아름다운 덕목은
　　기다림이다
　　기다림은 사랑의 다른 이름

　　영욕의 사연일랑
　　크고 검은 돌 안에 詩로 세워두고
　　일몰 무렵 나란히 앉은 연인의 모습으로

　　나는 항상 거기 있어 주겠다

형형하지만 조용한 눈빛을 하고
대한민국 대구시 수성구 두산동 수성못
백 년을 있었으니 천 년도

나는 항상 거기에 있어 주겠다
ㅡ「꽃 피어 무성한 산책로를 열어놓고」에서

이처럼 자신 있게 수성못을 말하고 노래하는 시인으로
존재하는 것이다.
시 「왕벚나무」를 보자.

꽃가지는 수면에 닿으려다 멈춘다

물은 꽃가지에 닿으려다 멈춘다

나는 휴대전화 번호를 누르려다 멈춘다

닿고 싶을수록 멈춰야 아름다워

물과 꽃 사이를 바람이 치고 간다

물에는 푸른 비늘이 돋고

꽃가지에는 연분홍 꽃이 맺히고

내 마음엔 호수만큼 투명한 아름다움이 고인다

무얼 의미하는가. 어디서나 있을 수 있는 엇비슷한 풍
경일 수 있겠으나 수성못 왕벚나무의 왕벚꽃을 이처럼 표
현한 시가 잘 있을까. 무슨 말인가 하면, 수면에 닿으려다
멈춘 왕벚나무 꽃가지의 모습에서 휴대폰 전화번호를 누
르려다 멈추는 시인의 동작이 범상치 않다. 거기다가 시
인은 '닿고 싶을수록 멈춰야' 아름답다는 도덕경 경전 같
은 사유를 착안해 내는 것이다. 서정의 분위기에서 존재
의 욕구를 발견해 내는 안목이 그것인데 이런 게 시인이
갖는 사유정신의 심연과 다름없으리라.

뿐만 아니다. '물과 꽃 사이를 바람이 치고' 가는 것이
다. 이런 발상은 또 어디서 나왔다는 말인가. 결국 '물에
는 푸른 비늘이 돋고/ 꽃가지에는 연분홍 꽃이 맺히' 는
자연의 섭리에는 수긍되는 수성못인 것이다.

일생 물에 붙어살면서
한 번도 물에 빠져보지 못한 몸
표피만 꼬집어보다가 그것이
물이다 한다면 너무 싱거운 일이다
허우적거려 본 자만이

삶의 깊이를 잴 텐데

호되게 물 먹어본 자만이

숨막힘을 맛볼 텐데

소금보다 짜다는 세상에

제 삶의 가벼움이

참을 수 없는 갈증인 소금쟁이는

수면에 가슴팍 바짝 밀착하고

다 들이마실 듯 날마다

깊은 수심을 들여다 본다

— 「소금쟁이」 전문

대구시민들에게 늘 평안함을 안겨주는 수성못, 만주 땅의 경박호鏡珀湖와 같은 볼륨은 아니지만, 그렇다고 접시 위에 담긴 건 아닌 수성못은 가장 알맞은 인간의 겸양처럼 존재하지만 그 깊이는 쉬 가늠할 수 없다.

그 수심을 들여다보며 헤엄치는 미물이 있으니 그 이름은 소금쟁이다. 어떻게 붙여진 이름인지는 알 수 없지만 물의 표면에 붙어 헤엄치며 살아가는 소금쟁이가 시인의 눈에 얼비친 것이다.

시인은 한평생 '물에 붙어살면서/ 한 번도 물에 빠져보지 못한 몸'이라 했다. 거기다가 '허우적거려 본 자만이/ 삶의 깊이를' 재며 '호되게 물 먹어본 자만이/ 숨막힘을 맛' 본다고 경각심을 불러일으킨다.

소금쟁이라는 이름의 어휘를 빌려와 '소금보다 짜다
는 세상에/ 제 삶의 가벼움이/ 참을 수 없는 갈증인 소금
쟁이'로 비유하고 있는 게 의미 있게 읽혔으며 '수면에
가슴팍 바짝 밀착하고/ 다 들이마실 듯' 하다는 과장된 비
유도 신선했다.

사는 게 바빴던 우리는 그냥
길이나 하나 더 내며 살았나

우로 가면 묵너미 옛길
좌로 가면 들안 옛길
죄 없이 아름다운 길
옳은 것은 옳다고 우기는 힘
어쩌지 못하는 대구 기질

많은 외지인들이
대구는 끝났다 하고
대구는 못 쓴다 해도
오늘 또 못 쓴다는 인물에게 표를 던진다
믿는 것은 끝까지 믿어 주는 순정인가
못 말릴 지조인가

— 「두산오거리」 전문

보라, 세상이 변하면 시대도 변해야 한다는 우격다짐의 값싼 논리가 건전했던 대구를 망가뜨리는가. 왜 대구만 변해야 하는가. 그래도 지킬 것은 시인이 말한 것처럼 '옳은 것은 옳다고 우기는 힘'이 대구의 문화 아니던가.

즉, '사는 게 바빴던 우리는 그냥/ 길이나 하나 더 내며 살았나' 이 의문형 문장이 의미심장한 구절로 읽혔다. 반어법으로, '우로 가면 묵너미 옛길/ 좌로 가면 들안 옛길' 이렇게 고풍스럽고 문명의 때가 끼지 않은 '죄 없이 아름다운' 변함없는 길처럼 '옳은 것은 옳다고 우기는 힘'의 '어쩌지 못하는 대구 기질'과 상관관계를 이루며 시적 긴장감을 높여주기도 한 것이다.

'사는 게 바빴던 우리'와 '그냥'이 예사가 아니다. 시대적 상황의 흐름과 무관하다 보니 '길이나 하나 더 내며' 살게 되었다는 형이상의 길인 것이다.

이와 같음에도 불구하고 수성못 예찬시라 할 수 있는 시 「산책」이 있다.

> 먼저 간 사람의 발자국 힘으로
> 길은 생겨나고
> 바람이 날려준 꽃씨의 인연으로
> 내 발끝에 꽃들 피어나네
> 내 손으로 뿌린 것 없어도

철철이 아름다움 주는

호수 곁에 살게 됨은 고마워라

누가 부르는 듯 산책 나가

살랑바람이 일으키는 파문에

꽃피다 돌아오면

거기까지 따라와 눕는

목덜미 하얀 별들

멀리 보이는 겹겹 능선의

푸르스름한 빛깔들

어디서 오는 것들일까

누가 정해주는 것들일까

내 손으로 뿌린 것 없어도

철철이 아름다움 주는

호수 곁에 살게 됨은 고마워라

― 「산책」 전문

언제나 순진무구의 세계로 곁에 있어주는 수성못이 고
맙기만 한 것이다. '먼저 간 사람의 발자국 힘으로/ 길은
생겨나고' 이런 '발자국 힘' 으로 그리고, '바람이 날려준
꽃씨의 인연으로/ 내 발끝에 꽃들 피어나' 는 단조롭지 않
은 표현들, 또, '내 손으로 뿌린 것 없어도/ 철철이 아름
다움 주는 호수' 에서 보듯이 시인의 겸양의 미덕으로 읽
힌다.

시 「여름 수성못」에서는

수초에 숨었다 나온

흰 새 몇 마리

맨 앞의 한 마리가 뭐라고 뭐라고 소리치며

물 위를 미끄러지듯 나아가자

약간의 간격을 두고 또 한 마리가

같은 소리를 시늉하며 뒤따르고

또 약간의 간격을 두고 네 마리가

앞서거니 뒤서거니 따라간다

면사포 같은 흰 물 주름이 호수를

폈다 오므렸다 할 때

신록으로 몸이 부푼 산 그림자가

물속에 척 드러누워서

흰 물새들의 유영을 떠받치고 있다

라고 읊은 것이라든지,

첫눈 내린 수성못에 낮달이 떴다

썰다 실수한 무 조각같이 얇은 달이

수면에도 한 조각 빠져 있다

어느 먼 북방에서 방금 날아온 가창오리 몇 마리

수성못 첫눈 몇 송이 쪼아 먹고 못에 빠진 낮달도

한 조각 살짝 맛본 후

이번 겨울은

여기 눌러살 작정을 한다

— 「첫눈 내린 수성못에서」 전문

　여기에서 놓쳐서는 안 될 구절인데 '썰다 실수한 무
조각같이 얇은 달이/ 수면에도 한 조각 빠져 있다' 라든지
'수성못 첫눈 몇 송이 쪼아 먹고 못에 빠진 낮달도/ 한 조
각 살짝 맛본 후/ 이번 겨울은/ 여기 눌러 살 작정을 한
다' 에서 보듯이 이런 면밀하면서 의미 있는 조직체계가
선명성을 더해 주고 있다. 현대시가 그러해야 하듯이 서
정성의 존재성이 빛나는 시편들이다.

　그런가 하면, 수성못은

간이전등을 켜

어둠의 휘장을 걷어 올린 수변무대에

한 사내가 기타 반주하며 노래를 한다

궂은 비 내리는 밤 그야말로 옛날식 다방에 앉아

돌아오지 못할 것에 대하여 낭만에 대하여

사무친 목청 내지르며 가락 이어갈 때

새로 심은 부들과 수련, 바늘꽃이

제법 푸르름의 자리를 잡고 박수를 친다

사람들 차츰 모여들어 제법 관중을 이루는데

입을 쩍 벌린 사내의 기타 케이스 안에

한 노파가 천 원짜리 지폐 한 장을 넣고 돌아와

내 옆에 앉는다 저렇게 열심히 노래하는데 일천 원만 놓아서

미안해 어쩌냐고 생면부지의 내게 귓속말로 묻는다

―「천 원짜리 한 장을 넣고 돌아와」에서

이처럼 양심과 미덕으로 그리고 낭만이 피어나는 수변 무대가 새로 생겨 생의 활기를 불어넣는 문화공간으로 자리 잡는다. 물론 낮이거나 밤이거나 가릴 것 없이 수성못의 금물결 은물결의 춤사위를 묵묵히 바라보고 있는 이상화 시인의 시비 '빼앗긴 들에도 봄은 오는가' 가 수변공원을 안내해 주고 있다. '한 노파가 천 원짜리 지폐 한 장을 넣고 돌아와/ 내 옆에 앉는다 저렇게 열심히 노래하는데 일천 원만 놓아서/ 미안해 어쩌냐고' 에서 확인되듯 노파의 말이 찡하게 들리지 않는가. '지 좋아서 노래 부르는데 돈을 와 내어' 라든지 누군지 알아먹지도 못하게 검은 선글라스를 끼고서 새침데기처럼 치맛단을 살랑살랑 흔들며 공짜로 노래 듣고는 픽 가버리는 중년 아줌마보다 훨씬 교양 있는 노파가 이 시대의 거울이다. 시집을 내어 건네도(엉망진창의 시가 모여 있는 시집 말고) 당연히 받아야 하는 것처럼 커피 한 잔 없는 요즘 시대와 달리 이 시대의 문화를 읽을 줄 아는 노파가 수성못의 얼굴이다.

좀 더 구체화시켜 수성못을 사유해 보면

왜 못이라고 부르더냐
모습에 견주어 무뚝뚝한 이름이더냐
갖가지 꽃나무가 바람에 한들거리는
도심 복판 푸른 호수

일본인이 판 저수지라 못이더냐
저항시인 상화의 詩라서 빼앗긴 들이더냐

오늘 대구시민 한 사람은
나라 뺏긴 때보다 살기 어렵다 말하고
어제 서울 기자 한 사람은
절망의 도시 대구라 지면에 썼구나

아서라 사람들아
표면에 서서 수심을 말하지 말거라
대저 못이란 고여 있는 듯 흐르는 물,
흐르는 듯 지켜보는 하늘 닮은 눈

대구는 무뚝뚝한 듯 정 많은 사람이
겉보다는 속으로 사랑하며 사는 곳
살기 어려워도 여기에 절망해도 여기에

일이 년이 아니라 백 년 가까이는

살아봐야 그 아름다움의 근원이

물에 어리느니

　　　　　　　－「왜 못이라고 부르더냐」 전문

　특히 이 시는 서정적인 분위기를 걷어내어 시사하는
바가 크다. 못이라 부르는 수성못의 개념과 일제강점기
이상화 시인의 혼이 깃든 암울했던 역사적 현장성과 무뚝
뚝하지만 대구사람의 특성이 잘 드러나 있는 반면 절망의
도시처럼 되어버린 현실을 시인은 차분한 목소리로, '아
서라 사람들아/ 표면에 서서 수심을 말하지 말거라/ 대저
못이란 고여 있는 듯 흐르는 물/ 흐르는 듯 지켜보는 하
늘 닮은 눈'으로 이렇게 사유적으로 읊고 있다.

　누가 시인이 시대적 아픔을 노래한다 했던가. 두보이
런가. 누가 시인이 시대를 초월하는 시를 읊는다 했던가.
이백이런가. 둘 다 틀린 말은 아닌 것 같다.

　빛나는 역사의 도시, 광기가 배제된 도시, 아름다운 시
의 도시에도 네 탓 내 탓 할 것 없이 코로나19가 칩입해
평화로운 수성못도 잔물결은 그대로이지만 오리배도 꼼
짝달싹 못 하고 사람들의 발자국이 뜸해지고 삭막한 휴전
상태처럼 스스로를 다독이며 철학해야 했던 것이다.

　여기 수성못의 시인 이해리 씨도 가만있질 못한 것이
다.

코로나19가 맹렬하다 하여
달포 가까이 집 안에 갇혔다가
호숫가로 나가니
매화는 벌써 끝물이다

홍매화 한 가지를 당겨 흠향하고
살며시 놓는데
꽃잎이 사태져 떨어진다
내 손길 한 번에 화르르 지는 꽃잎,
마음이 서럽다

만지기만 해도 분해되는 봄이여
만나지도 못하지만
만나서도 떨어져 나가 앉는 사람이여
손에 닿으면 옮는다 하여
날마다 손 씻었는데

씻은 손 소용없이 꽃이 지는 건
벌써 매화의 시간이 다했음이다
누가 나와 우리의 봄을
앗아갔음이다

— 「2020년 3월 13일 시」 전문

그렇다. 일찍이 이상화 시인은 시 〈빼앗긴 들에도 봄은 오는가〉에서 '그러나 지금은 —들을 빼앗겨 봄조차 빼앗기겠네'라고 읊었지만 2020년에 들어서 우리 대구는 전국을 떠들썩하게 했듯이 이해리 시인이 읊은 것처럼 '누가 우리의 봄을 앗아갔음'이 분명했다.

봄이 온 완연한 수성못의 풍정을 뛰어난 묘사력으로 잘 표현하고 있는 구절이 눈에 뜨였는데 '내 손길 한 번에 화르르 지는 꽃잎,/ 마음이 서럽다// 만지기만 해도 분해되는 봄이여'이렇게 노래했고 보면 인간에게 가혹한 것은 일제강점기나 코로나19 전염병 시기나 다를 바 없었으니.

지역별 확진자 현황판에
가장 높은 막대그래프로
불쌍하게 서 있는 대구

누구는 중화관광객이
서문시장을 떼전으로
다녀간 원인이라 하고
누구는 신천지교인 때문이라 하고
어떤 이는 야당 도시라 꼬시다 하고
어떤 이는 대구 정도야 손절시켜도
이상이 없다 하고…

아! 대구여 어쩌다가 무엇 하다가

이리 폄훼를 당하는가

나는 대구사람으로 병들지 않은 상처가 너무 깊어

아름다운 문구로는 시를 짓지 못한다

—「아! 대구」 전문

이처럼 수난의 도시가 되어버린 안타까운 대구가 자유
와 평화는 간데없는 빼앗긴 들처럼 수성못마저 말을 잊은
듯 불어 드는 바람에 볼 비비기도 위험한 짐승처럼 우두
컨한 표정이었으니 말이다. 그래서 시인도 '나는 대구사
람으로 병들지 않은 상처가 너무 깊어/ 아름다운 문구로
는 시를 짓지 못한다' 라고 토로할 만한 것이다.

다음 시를 보면,

빈둥빈둥 만화방

파란만장 포장마차

고래고래 노래방

외상어림없지 술집

탄다디비라불 갈비

개판 오분 전 애견

그냥 갈수없잖아 모텔

코로나19 팬데믹 시대

어쩐지 쓸쓸한 간판들

기발한 상호 앞세우고

살려고 노력했지만

뜻대로 안 된 이름들

문 닫은 상점들 머리맡에

슬픈 표정으로

걸려 있는 간판들

ㅡ「슬픈 간판」 전문

상큼하다 할 정도로 어휘 활용을 재치 있게 아주 잘하고 있는 시로 읽혔는데 이런 상황에 대구가 놓이게 된 것이다. 시란 전체적 맥락도 중요하지만 한 구절도 놓쳐선 안 될 적재적소의 의미 있는 문구가 있다면 '탄다디비라 불 갈비'나 '그냥 갈수없잖아 모텔'이 시사하는 이런 구절들이다.

2. 탑시를 찾아서

또한, 이해리 시인의 〈탑시〉 연작이 주목을 끄는 것은 왜일까.

이끼도 끼고 군데군데 금 갔다

꼭대기 층 한 귀퉁이는 떨어져 나갔다

떨어져 나간 곳을 푸른 하늘이 채우고 있다

도굴과 훼손과 유기의 질곡을

온몸으로 받들고도 꼿꼿이 서 있는 것은

견디는 것이 삶이기 때문이다

견딤으로 공을 들인 몸은 좀

깨지기도 해야 아름다웠다

고난의 상흔도 보여야 미더웠다

언제부턴가 온전한 것이 외려

미완이란 생각이 든다

깨진 곳을 문질러 가슴에 갖다 대면

온몸에서 수런거리는 상처들

이루어지는 것 드물어도

무너뜨릴 수 없는 것이 가슴 층층에 쌓여

바람 부는 폐사지에 낡아가고 있다면

당신도 나도 다 탑이다

— 「탑」 전문

'떨어져 나간 곳을 푸른 하늘이 채우고 있다'든지 '견
딤으로 공을 들인 몸은 좀 깨지기도 해야 아름다웠다고'
또는, '온전한 것이 외려 미완'이란 생각이라는 역설적인
표현, 그리고 뭐라 해도 '무너뜨릴 수 없는 것이 가슴 층

146

층에 쌓여' 와 '바람 부는 폐사지에 낡아가고 있다면/ 당
신도 나도 다 탑이다' 이런 구절들로 특히 탑에 대한 관조
의 날렵한 시선이 주목된다.

　　세상에 온전한 것이 없음을 탑의 형상에 업로드시키면
탑 아닌 것이 없음으로 귀결되는 것이다. '당신도 나도'
즉 누구나 구분 지을 수 없는 실체 아니겠는가. 완성품 같
은, 그래서 세워놓은 탑도 천년풍우 비바람에 깎여나가듯
이 '당신도 나도' 모든 인간도 저 탑과 같을진대 왜 고개
힘주고 천년을 만년을 살 것같이 꼿꼿한가. 울림이 큰 시
로 읽혔다.

　　　　나에게는 손바닥만 한 흙마당이 있다
　　　　그 흙마당에 부추를 심어 보았다
　　　　베어내어도 베어내어도 부추는 자랐다
　　　　한 움큼은 부침개 한 움큼은 겉절이
　　　　또 한 움큼은 된장에 끓여 먹었지만
　　　　언제 베어갔냐는 듯 본래만큼 자라 있었다

　　　　풋보리같이 가늘고 윤이 나는
　　　　푸른 결을 쓰다듬어 보며 알았다

　　　　손바닥만 해도 혼자서는 못다 먹을
　　　　풍요가 세상에는 있다는 걸

심어 놓기만 하면 누구와라도
나누어야 하는 소박한 사랑이 있다는 걸

그동안 단절되었던 건 내가
아무것도 심지 않았기 때문이라는 걸

— 「손바닥 흙마당」 전문

시를 매만지는 솜씨가 관심을 끄는 시이다. 여기에서
유달리 관심을 끈다는 것은 일상생활의 편린을 통해 보여
주는 인식체계가 남다른 데에 있음을 말함이다.

베어내어도 베어내어도 자라나는 끈질긴 부추의 생명
력을 통해 비록 손바닥만 한 땅이지만 '혼자서는 못다 먹
을/ 풍요가 세상에는 있다는 걸' 인식하는 이 안목을 보
라. '심어 놓기만 하면 누구와라도/ 나누어야 하는 소박
한 사랑이 있다는' 것이다.

연잎은 이슬을 머금고 있을 때
더 아름다웠다
당신은 눈물을 머금고 있을 때
더 아름다웠다

유등연지 맷방석만 한 연잎이
초록잎 위에 모닥모닥 모아둔

이슬이며 물방울을
못물 속에 주르르 쏟아부을 때

눈물 많던 당신이
이제는 다 말랐다며
진주 같은 눈물방울
없는 눈을 보여줄 때

나는 그 무슨 소중한 것을
한꺼번에 털린 것 같아
마음이 텅 비었다

슬픔도 재산인가 보다
눈물도 보석인가 보다

그렇지 않고서야
내 마음이 그리 텅 빌 수 있겠는가
그리 허전한 물소리 들릴 수가 있겠는가
　　　　　　—「슬픔도 재산인가 보다 눈물도 보석인가 보다」 전문

　누구나 한두 번쯤 지나갔을 것만 같은, 내가 살고 있는
가창에서 팔조령 재를 넘어 맑은 길(정일근 시인의 시 「청도는
맑은 길」에서) 청도 산기슭에 자리한 유등연지가 명소처럼

되어 있는데 낚시터로도 이름나 있지만, 연꽃이 일대 장관을 이룬다. 내가 아는 몇몇 여성 시인도 이 유등연지의 연꽃을 대상으로 해 시로 읊었는데 이해리 시인 또한 놓치지 않았음에랴.

사람마다 헤어스타일이 다르고 입는 옷이 다르고 걸음걸이가 다른 것처럼 같은 유등연지의 연꽃이라도 보는 관점이 다르고 읽어내는 인식체계가 다르듯 이 시가 갖는 의미 또한 달리 파악되었다.

연잎이 이슬을 머금고 있을 때와 당신이 눈물을 머금고 있을 때가 더 아름다웠다는 발상에서 '눈물 많던 당신이/ 이제는 다 말랐다며/ 진주 같은 눈물방울/ 없는 눈을 보여줄 때'에 와서 정점을 이루는데, 시인의 '그 무슨 소중한 것을/ 한꺼번에 털린 것 같아/ 마음이 텅 비었다'는 인식이 놀라웠다. 거기다가 '슬픔도 재산인가 보다/ 눈물도 보석인가 보다'에서 보여주고 있는 고조된 감정이입이 잘 조화된 시였다. 겉으로 보기엔 평범한 듯 읽히는 것 같지만.

또, 다음 시에 주목해 보자.

어느 날 관수재 대청에 누워
기둥이며 서까래를 바라다보니
못 없이 건축되었음이 보인다

날카로운 쇠못으로 힘주어 고정시킨 것보다
오래 지탱된다는 것을 목수에게서 들었다

우연히 올려다 본 전통한옥 천장이
사랑의 원리를 은근히 표하고 있었다

사랑이란
속살 찌르는 아픈 것으로 서로를 옭아매어
준공하는 것이 아니라
각자의 맨살 맨몸으로
넘치는 곳은 깎여주고 모자란 곳은 부풀려줘서
눈비도 태풍도 함께 맞고 사는 것이라는 것을,
그래야 오래 간다는 것을
천 년을 함께 산들 녹스는 일 없이
목재 향기 은은히 풍겨 나온다는 것을

— 「사랑의 원리」 전문

　　시가 되지 않은 상像들이 없을 정도로 탑시에서 보여
주고 있는 은근미가 넘치는 또 한 편의 시로 읽혔다. 예부
터 쇠붙이인 못을 사용하지 않고 틈새를 활용해 집짓기
하는 전통가옥처럼 '천 년을 함께 산들 녹스는 일 없이/
목재 향기 은은히 풍겨 나온다는' 사실을! 거기다가 '사
랑이란/ 속살 찌르는 아픈 것으로 서로를 옭아매어/ 준공

하는 것이 아니라/ 각각의 맨살 맨몸으로/ 넘치는 곳은 깎여주고 모자란 곳은 부풀려줘서/ 눈비도 태풍도 함께 맞고 사는 것이라' 는 이런 문장에 주목해 보라. 시인이 말한 것처럼 사랑의 원리, 사랑의 진실이 예 있음을 알리라.

총체적으로 말하면, 이혜리 시인의 이번 시집의 시편들은 각각의 목소리의 특징을 갖고 있다는 것, 엇비슷한 수사나 다른 시인들의 빛나는 문구를 무허가로 가져와 짜맞추어 흉내 내거나 빤한 상념으로 얼버무리는 피상적인 발상도 아닌, 거기다가 수입산 양념이 들어간 것도 아닌 자아발아적인 체험적 육성으로 읽히는 미학적 표현이 두드러진 점이라 할 것이다.

여기에 현장성이라는 공감대 설정이 여타 시들에서 보이는 식상함도 말끔히 걷어낸 잘 표백된 빨랫줄의 빨래처럼 바람이 찾아와 같이 놀아주기에 충분한 시로 읽혔다.

시에 목매달아 온 시인이라 생각되는데 이만큼 치열성을 가진 시인도 잘 없으리라는 생각도 든다. 네 번째 시집 발간을 진심으로 축하한다.